8° Yth
3774

LES COMPAGNONS

DU DEVOIR.

LES

COMPAGNONS

DU DEVOIR

OU

LE TOUR DE FRANCE,

TABLEAU-VAUDEVILLE EN UN ACTE,

PAR

MM. LAFONTAINE, E. VANDERBURCK ET ÉTIENNE.

REPRÉSENTÉ, POUR LA PREMIÈRE FOIS, A PARIS, SUR LE THÉATRE DES VARIÉTÉS, LE 30 AVRIL 1827.

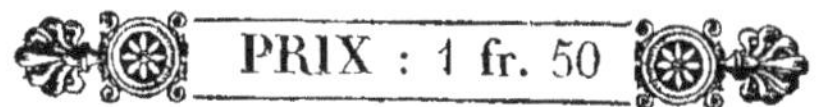

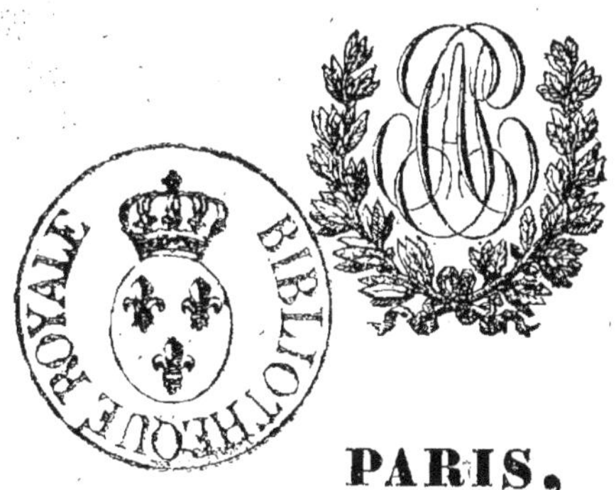

PARIS,

POLLET, LIBRAIRE, ÉDITEUR DE PIÈCES DE THÉATRE,
RUE DU TEMPLE, N° 36, VIS-A-VIS CELLE CHAPON.

1827.

PERSONNAGES.	ACTEURS.
LA MÈRE BONTEMS, veuve d'un charron.	Mme BARROYER.
JUSTINE, sa fille........	Mlle LEMERY.
FANFAN LAMOTTE, tanneur, neveu de la mère Bontems..............	M. SYLVESTRE.
ROBERT, maître charpentier....................	M. BOSQUIER-GAVAUDAN.
JULIEN, son fils, amant de Justine.................	M. VERNET.
FERBLANC, ferblantier....	M. ODRY.
1er COMPAGNON............	M. GEORGES.
2e COMPAGNON............	M. BÉGAT.
Un NOTAIRE..............	M. OSSART.
Compagnons de tous les états, Villageois et villageoises.	

La scène se passe, dans un hameau, en Normandie.

NOTA. S'adresser pour la musique de cette pièce, à M. Simonet, rue Montmartre, no 157.

Vu au Ministère de l'intérieur, conformément à la décision de S. Exc., en date de ce jour.

Paris, le 26 mars 1827.

Par ordre de Son Excellence,
Le Chef adjoint au Bureau des Théâtres,
Signé COUPART.

LE LIBRAIRE POLLET, *étant seul Editeur des ouvrages de* M. SCRIBE, *on trouve chez lui tous les Vaudevilles de cet auteur.*

Imprimerie de DONDEY-DUPRÉ, rue St.-Louis, N° 46, au Marais.

LES COMPAGNONS
DU DEVOIR,

TABLEAU-VAUDEVILLE EN UN ACTE.

Le théâtre représente l'entrée du hameau; à gauche, une boutique avec une enseigne sur laquelle on lit : JULIEN, SUCCESSEUR DE BONTEMS, CHARRON. *Un banc et un tonneau sont devant la porte ; à droite, un hangar, sous lequel sont les outils d'un charron, des roues, etc. Des arbres ça et là. Dans le fond une montagne qui domine le théâtre.*

SCÈNE PREMIÈRE.

FERBLANC, LAMOTTE, *descendant la montagne.*

FERBLANC.

Allons donc, allons donc, Lamotte; arriveras-tu aujourd'hui ?

LAMOTTE.

Me v'là, me v'là ; laisse-moi respirer un peu, que diable !

FERBLANC.

Ah! tu m'as encore l'air d'un fameux clampin... C'est vrai ça ; c'est lourd comme un liard de beurre, et ça se traîne comme un limaçon.

LAMOTTE.

Tiens, tu es bon enfant, Ferblanc ; les jambes me rentrent dans le corps. Je ne suis pas le dernier, quand même : les camarades sont encore au moins à une demi-lieue d'ici.

FERBLANC.

Je crois bien, ils ne sont pas pressés eux, les compagnons.

LAMOTTE.

Hé bien!.. Et toi, qu'est-ce qui te harcèle donc tant?

FERBLANC.

Tu veux le savoir, Fanfan Lamotte? eh bien! c'est l'Amour, ce petit dieu badin.

LAMOTTE.

Ah! ben, par exemple, si j'avais su ça, plus souvent que je me serais échigné à te suivre. Je ne suis pas amoureux, moi.

FERBLANC.

Tu ne sais pas encore tout; apprends donc que la particulière en question n'est autre que Justine.

LAMOTTE.

Justine! ma cousine Justine?

FERBLANC.

Juste... Il est vrai qu'elle ne s'en doute pas; car en partant j'ai oublié de lui dire que j'avais de l'inclination pour elle; mais me vl'à de retour, et j'vas lui déclarer mes sentimens, et l'épouser dedans les vingt-quatre heures.

LAMOTTE, *riant.*

C'est-à-dire, si elle veut bien le permettre. Dis donc, Ferblanc, je rirais bien, tout d'même, si nous allions la trouver mariée... ça s'rait drôle, hein?

FERBLANC.

J'en ai peur tout d'même... Cette nuit je l'ai rêvé; la noce n'était pas encore faite, mais il ne s'en fallait pas d'l'épaisseur d'un cheveu.

LAMOTTE.

Là! tu vois bien... c'est un pronostic.

FERBLANC.

Figure-toi que je voyais Justine avec un petit brun, ou un blond-châtain, je ne me rappelle plus...; ils étaient bras-dessus bras-dessous; ils m'ont aperçu...; ils se sont sauvés; j'ai couru après; crac, Justine me ferme la porte sur le nez... et ça m'a réveillé...

LAMOTTE.

Eh ben! tu me croiras, si tu veux; moi je crois aux rêves.

FERBLANÇ.

Eh bien! moi, j'y crois pas... c'est des bêtises... c'pendant y a queuqu'chose qui m'chiffonne... Tu sais bien c'gros monsieur que nous avons rencontré en route?

LAMOTTE.

Oui...

FERBLANC.

Eh bien, c'est lui qui protégeait mon petit brun; par exemple, si je savais ça, gare à lui!

LAMOTTE.

N'en dis pas de mal, c'est un brave homme. Y nous a payé à boire à chaque cabaret.

FERBLANC.

C'est vrai, et c'est pour ça qu'il m'est suspect; où c'qu'il est donc? depuis hier je ne l'ai pas vu.

LAMOTTE.

Il s'est arrêté dans un village pour prendre des informations.

FERBLANC.

C'est ça, à tous les villages y prenait des informations, et ça m'est encore suspect... C'est peut-être quelqu'embaucheur.

LAMOTTE.

Oh! il n'y a pas d'danger... c'est plutôt queuque marchand forain... Il a une bourse de cuir joliment ronde; il va sans doute faire un bon coup dans quelque foire... Mais tiens, justement, le v'là qui descend la montagne.

SCÈNE II.

LES MÊMES, ROBERT.

ROBERT.

Ah! vous voici, mes enfans; il paraît que vous avez fait comme moi : vous avez pris à travers champs.

LAMOTTE.

Oui, monsieur, Ferblanc était pressé.

ROBERT.

C'est bien naturel; moi aussi, j'étais impatient d'arriver.

FERBLANC.

Est-ce que vous seriez, par hasard, un compatriote du village?

ROBERT.

Non, mon garçon, je suis des environs; mais ce hameau m'est bien cher, et je ne veux plus le quitter.

LAMOTTE.

Tant mieux, monsieur, il n'y aura jamais trop de braves gens dans not'pays.

ROBERT.

Morguenne, j'espère que j'y serai bien reçu.

Air *de Préville.*

J'ai, grâce à Dieu, rétabli mes affaires,
Et, sans rougir, j'puis me montrer enfin;
Je fus en butte à des destins contraires,
Mais j'ai souffert mes malheurs sans chagrin.
Jouissant des jours que m' réservait la Parque,
Comm' le mat'lot menacé sur son bord,
Je me disais, bravant les coups du sort :
Les mêmes flots qui repoussent ma barque
Peuvent aussi la mener jusqu'au port.

En effet, je l'ai démarrée, et j'espère bien ne plus chavirer.

FERBLANC, *à part.*

Je ne sais pas ce qu'il veut dire, c'est égal... Questionnons-le un peu. (*Haut.*) Pourrait-on, monsieur, sans indiscrétion, vous demander votre nom?

ROBERT.

Mon nom?

LAMOTTE.

Ah! ça, est-il curieux! Et si monsieur veut le cacher?

ROBERT.

Au fait, il a raison... Pourquoi me faites-vous cette question?

FERBLANC.

Pardon, monsieur, y n'y a pas d'offense; c'est que, voyez-vous, j'ai fait un rêve, et y se trouve...

LAMOTTE.

Ah ça, veux-tu te taire, cancannier; ça va bien intéresser monsieur; allons, viens embrasser nos parens, ça vaudra bien mieux.

FERBLANC.

En vl'à une sévère, par exemple; il veut que j'aille embrasser mes parens! puisque je n'en ai plus.

LAMOTTE.

Eh ben! tu embrasseras ceux des autres.

FERBLANC.

Non, non, j'aime mieux aller chez la mère faire préparer la soupe et le fricot; allons, partons.

ROBERT.

Un moment, mes enfans, ce n'est pas ainsi que cela se pratique; morbleu! c'est tous ensemble qu'on doit vous voir ici... Oubliez-vous donc les statuts de l'ordre?

LAMOTTE.

Ah! ah! il paraît, l'ancien, qu'vous les connaissez, vous?

ROBERT.

J'ai été, comme vous, compagnon du devoir.

FERBLANC.

Bah!

LAMOTTE *lui frappant dans les deux mains.*

Tope, pays! queu profession?

ROBERT, *même jeu.*

Maître charpentier.

FERBLANC.

C'est-à-dire que vous êtes singe... Voyez-vous, l'sournois!

ROBERT.

Oui, mes enfans, je suis du métier; aussi, j'tiens aux réglemens, et j'veux qu'nous célébrions notre retour. Morguienne, quel tintamarre! quel tableau! le tambour, les cris de joie, la danse, le repas, tout ça, voyez-vous, c'est de rigueur; le repas surtout.

AIR : *Sous le beau ciel, etc.*

A boire, à rir' quand le plaisir m'invite,
Je ne le fais jamais attendr' long-tems.
Je deviens vieux, faut qu' je m'dépêche vîte
De jouir, hélas! de mes derniers instans;
Mes bons amis, mon cœur encor palpite
Près d'un' jeun' fille ou près d'un vieux flacon,
Comm' c' vieux soldat dont tout le corps s'agite
Lorsqu'il entend au loin gronder l'canon.

LAMOTTE.

C'est véridique, not' ancien; nous allons nous réunir à nos camarades et puis nous ferons notre entrée triomphalement.

ROBERT.

Et moi, j'vais chercher une auberge pour me reposer.

ENSEMBLE.

AIR *de la Gazza ladra.*

Ah! quelle fête
Pour nous } s'apprête,
Pour vous }
Amis, chantons tous à tue-tête!
Ah! quelle fête
Pour nous } s'apprête,
Pour vous }
Quel beau jour } *ter.*
Que l'jour du retour! }

LAMOTTE.

Au revoir, monsieur, au revoir!

(*Lamotte et Ferblanc sortent par la montagne.*)

SCÈNE III.

ROBERT *seul.*

Quel plaisir j'éprouve à revoir ce pays! pourquoi faut-il que quelque chose vienne troubler ma joie?... Malgré toutes mes démarches, je n'ai pu obtenir aucun renseignement... Allons, allons, je serai plus heureux, je l'espère, une autre fois... occupons-nous d'abord du motif de mon voyage.

SCÈNE IV.

ROBERT, JUSTINE, *un panier sous le bras et regardant dans la boutique de Julien.*

ROBERT.

Quelle est cette jeune fille?

JUSTINE, *sans le voir.*

Je ne vois personne, il paraît qu'il est sorti de bonne heure; tant mieux, c'est bon signe. (*Voyant Robert.*) Ah! pardon, monsieur, je ne vous avais pas vu.

ROBERT.

Il n'y a pas de mal, mon enfant; pourriez-vous me faire le plaisir de m'enseigner la meilleure auberge de l'endroit?

JUSTINE.

Volontiers, monsieur. Tenez, là-bas au bout du village, demandez la mère Corniquet.

ROBERT.

Bien obligé, ma belle enfant.

JUSTINE.

Vous n'avez qu'à lui dire que c'est de ma part, et vous serez bien reçu.

ROBERT.

Je n'en doute pas; mais pour me recommander de vous, il faut au moins que je sache votre nom.

JUSTINE.

C'est juste, monsieur, aussi j'vas vous le dire... Je m'appelle Justine, fille du brave père Bontems.

ROBERT, *surpris.*

La fille de Bontems, serait-il possible?

JUSTINE, *étonnée.*

Eh bien! monsieur, est-ce que ça vous étonne?

ROBERT.

Non, sans doute, mais si vous saviez le plaisir que vous me faites!

JUSTINE, *à part.*

Tiens, qu'est-ce qu'il a donc, ce monsieur?

ROBERT.

Parbleu! Je ne pouvais mieux m'adresser... et... dites-moi, votre père habite toujours ce hameau?

JUSTINE, *tristement.*

Hélas! non, monsieur, nous l'avons perdu depuis deux ans.

ROBERT, *à part.*

Il n'est plus! pauvre Bontems.

JUSTINE, *lui montrant l'enseigne.*

Tenez, voyez plutôt cette enseigne, c'est Julien qui lui a succédé; mais, j'y pense, vous l'avez donc connu mon père?

ROBERT.

Oui, je le connaissais..... Mais dans quelle situation est votre mère?

JUSTINE.

Oh! mon Dieu, monsieur, c'est la mère des compagnons; elle n'est pas riche, mais elle est chérie, respectée de tout le monde, et elle se trouve heureuse.

ROBERT.

Merci, mon enfant, voilà ce que je désirais savoir. (*Avec intention.*) Dites-moi, vous avez un notaire ici ?

JUSTINE.

Certainement, si vrai que j'espère bien lui donner de la besogne sous peu de jours.

ROBERT.

J'entends, vous allez vous marier.

JUSTINE.

Du moins je l'espère... Oh! si ça ne dépendait que de moi, ça serait déjà fait.

ROBERT, *à part.*

Elle est vraiment gentille. (*Haut.*) Je n'ai pas besoin de vous demander quel est votre amoureux ; le nom qui est sur cette enseigne m'en dit assez.

JUSTINE.

Tiens, comme vous avez deviné ça tout d'suite!

ROBERT.

Ce n'était pas bien difficile... Je vous ai vue tout-à-l'heure rôder autour de cette boutique ; mais, voyons, mettez-moi au courant.

AIR *du Bouffe.*

C'est Julien qui vous aime.

JUSTINE.

Un peu.

ROBERT.

Et vous l'aimez de même.

JUSTINE.

Un peu.

ROBERT.

Vous voulez quoique sage,

JUSTINE.

Un peu.

ROBERT.

Goûter du mariage?

JUSTINE *naïvement.*

Un peu.

2e Couplet.

ROBERT.

Vous aimez votre mère.

JUSTINE *avec tendresse.*

Beaucoup.

ROBERT.

Vous cherchez à lui plaire.

JUSTINE.

Beaucoup.

ROBERT.

Et ce petit cœur grille...

JUSTINE.

Beaucoup.

ROBERT.

D'augmenter la famille.

JUSTINE *en hésitant.*

Beaucoup.

ROBERT, *souriant.*

Allons, j'en suis bien aise en vérité, je voudrais que cette union eût lieu dès aujourd'hui.

JUSTINE.

Et moi donc! mais ma mère n'est pas si pressée, et puis Julien est si drôle qu'il n'a pas encore tant seulement osé lui en parler!

ROBERT.

Oh! mais il est donc bien timide?

JUSTINE.

Vous ne vous en faites pas d'idée, il n'ose rien du tout.

ROBERT.

Eh bien! tenez, vous m'inspirez tant d'intérêt que, si vous le voulez, je me chargerai de votre commission.

JUSTINE.

Comment? vrai, monsieur, vous seriez assez bon pour...

ROBERT.

Bien plus, je suis certain que votre mère, Mme Bontems, ne me refusera pas. (*A part.*) Je puis donc accomplir mes projets.

JUSTINE.

Eh bien! monsieur, j'accepte.

ROBERT.

AIR : *Di tanti palpiti.*

Au revoir, mon enfant,
Qu'ma parole
Vous console;
Car, en fait de serment,
Je ne suis pas Normand

ENSEMBLE.

Au revoir, etc.

JUSTINE.

J'compte sur vous vraiment,
Vot' parole
Me console.
Car en fait de serment,
On voit plus d'un Normand.

(*Robert sort.*)

SCÈNE V.

JUSTINE, *seule.*

Eh bien! à la bonne heure, voilà un monsieur qui est bon enfant; il ne me connaît pas et il s'intéresse à mon mariage, ma foi, laissons-le faire, il y a assez long-tems que je soupire après ce moment-là.

AIR *nouveau de* M. BLANCHARD.

Tous les garçons de la contrée
Ben des fois m'ont parlé d'amour,

Et du matin à la soirée,
Me demandaient tendre retour.
Ils admiraient tous mon visage,
Et ma fraîcheur et mon corsage,
C'était toujours même refrain ;
Mais pas un, dans son doux langage,
Ne prononçait le mot de mariage.

Aussi, je ne me suis pas plus gênée qu'eux. En vérité, que je leur ai dit un beau jour, vous m'aimez, vous me trouvez gentille... Eh bien! mes enfans, je ne vous en empêche pas, mais Julien veut m'épouser et alors...

Passez (*bis*) votre chemin.

2e Couplet.

Une fois dans notre ménage,
Si mon mari reste constant,
En épouse fidèle et sage,
J'veux aussi garder mon serment.
Je ne serai jamais coquette,
Quand on viendra m'conter fleurette ;
M' rappelant alors mon refrain,
Des jeun's galans du voisinage,
Tout en riant j'éviterai l'hommage.

Dam' je leur dirai : Je suis madame Julien, s'il vous en arrivait autant, ça ne vous ferait pas rire... et alors....

Passez (*bis*) votre chemin.

Mais voici mon prétendu, ah ! comme il court.

SCÈNE VI.

JUSTINE, JULIEN, *accourant.*

JULIEN.

Ah! te voilà, ma petite Justine? y a du nouveau.

JUSTINE.

Qu'est-ce que c'est donc?

JULIEN.

Attends! c'est que cette nouvelle-là me suffoque, ça me

coupe la respiration... Apprends donc que j'ai enfin signifié mon amour mutuel à ta mère.

JUSTINE.

Comment, tu as osé lui parler de ça! C'est bien heureux.

JULIEN.

Ma foi, je me suis risqué! Oh! mon Dieu, j'ai jeté mon bonnet par-dessus les moulins, c'est-à-dire, j'ai pris ma casquette à la main; d'abord ta mère n'avait pas l'air très-disposé, mais je me suis dit, puisque le mot est lâché, il n'y a pas à revenir... et voilà.

JUSTINE.

De sorte qu'enfin elle a consenti?

JULIEN.

Il l'a bien fallu. V'là comme j'ai commencé ma phrase : « Mère Bontems, que j'lui dis, vous êtes seule et nous » sommes deux; vous êtes veuve et nous sommes garçons, » Justine et moi; mais si vous êtes veuve, vous avez été » mariée et nous demandons à l'être; d'ailleurs vous savez » une chose, les plus pressés courent devant. »

JUSTINE.

Comment, tu lui as dit ça?

JULIEN.

Sans me gêner.

JUSTINE.

Ah! ça, mais, est-il devenu hardi, je vous le demande!

JULIEN.

Dame! V'là ce que c'est que d'avoir la tête montée.

AIR : *Et tic et tic.*

Une fois lancé je n'm'arrêt' pas :
J' suis comm' Gusman, je n' connais pas d'obstacle.
Gare la débacle!
Quand j'prends mes ébats,
Rien n'est capabl' de retenir mes pas.

C'en est fait, oui, l'amour me talonne :
Si j'étais par trop timid' jadis,
A c' t'heur' plutôt que d' n'aimer personne,
En fait d' joli's femmes j'en aim'rais trente-six.

JUSTINE.

Qu'est-ce que tu dis donc?

JULIEN.

Eh! mais dame!

Une fois lancé, etc.
Quel plaisir! bientôt, dans not' ménage,
Cinq ou six marmots saut'ront à la fois,
Et comm' j'aurai bon cœur à l'ouvrage,
Quand nous s'rons à dix nous f'rons un' croix.

JUSTINE.

Ah! ça, mais il perd la tête; comme il y va, dix...

JULIEN.

Et peut-être le demi-quarteron... qui sait.

Une fois lancé etc.

JUSTINE.

C'est bon, c'est ce que nous verrons; en attendant, tiens v'là ton déjeûner, aujourd'hui tu l'as bien gagné.

JULIEN *près du tonneau.*

Tu es donc contente de moi?

JUSTINE.

J'crois bien. (*Julien se verse à boire.*) A propos, j'ai aussi du nouveau à t'apprendre.

JULIEN.

Qu'est-ce que c'est?

JUSTINE.

C'est que si tu n'avais pas parlé à ma mère, un autre lui aurait parlé.

JULIEN.

Oui dà... qu'il s'y frotte.

JUSTINE.

Eh! non... il lui aurait parlé pour ton compte.

JULIEN.

A la bonne heure, et quel est le nom de c't'individu?

JUSTINE.

Ah ! par exemple, il ne me l'a pas dit... mais il a l'air bien aimable ; il vient de me quitter à l'instant.

JULIEN.

Tiens, alors c'est sans doute lui que je viens de rencontrer. Imagine-toi qu'en me voyant y s'est arrêté pour me dévisager, comme si j'étais une bête curieuse, et puis y s'est mis à courir, comme si le diable le suivait. ... Je ne l'ai pas suivi.

JUSTINE.

Je lui ai parlé de toi... il t'aura reconnu ; je ne sais pas pourquoi, mais sa figure me revient... vrai, y me plaît...

JULIEN, *inquiet.*

Ah! voilà ce que je n'aime pas, moi... il y a déjà assez de flâneurs qui vous en content.

JUSTINE.

Eh ben, est-ce que vous allez être jaloux à c't'heure ; allez, il n'y a pas de danger... C'est plutôt vous, monsieur Julien, si vous alliez un jour vous repentir de m'avoir épousée.

JULIEN.

Moi, Justine, ah ! voilà des reproches bien inconsidérés, qui peut vous donner de pareilles insinuations ?

JUSTINE.

C'est que souvent, vous avez l'air triste, oh ! je m'en suis aperçue !

JULIEN.

Triste, c'est pas ça, c'est que je ne suis pas gai... C'est des souvenirs.... l'absence de mon père.

JUSTINE.

Tu ne sais donc pas ce qu'il est devenu?

JULIEN.

Ma foi, non, je ne l'ai même vu qu'une fois... le jour de son départ. Il m'a mis en apprentissage à Nantes, chez un de mes parens, et il est allé chercher fortune ailleurs. Au bout de queuqu' tems, je me suis brouillé avec mon bourgeois, nous avons eu des raisons; ma foi, je me suis donné mon congé à moi-même, j'ai pris mon sac, et je suis venu dans ce hameau.

JUSTINE.

Je me le rappelle, c'est moi que vous avez rencontrée la première sur la grand'route.

JULIEN.

C'est vrai, et je ne l'ai pas oublié non plus; mais tiens, ne parlons plus de mon pauvre père... plus tard nous le retrouverons sans doute, je l'engagerai à venir demeurer avec nous, et quand y a pour deux y a pour trois.

JUSTINE.

C'est ça, ne nous occupons que de notre prochain bonheur.

JULIEN.

Oh! ce sera-t-il gentil! Tiens, faut que je t'embrasse pour la peine.

JUSTINE.

Veux-tu bien finir?

JULIEN.

Bah! bah! C'est un à-compte sur les droits du mariage, et puis quand même. (*Chantant et la faisant danser.*)

Une fois lancé, etc.

SCÈNE VII.

LES MÊMES, MÈRE BONTEMS.

MÈRE BONTEMS.

C'est ça! mes enfans, c'est ça! v'là comme j'aime à vous voir... En vérité ça me rappelle mon jeune âge.

JUSTINE.

Ah! ma mère, que vous êtes bonne, vous consentez donc à notre mariage?

MÈRE BONTEMS.

Ah! ah! il paraît que tu es déjà instruite... Julien n'a pas perdu de tems.

JULIEN.

Dam' c'est bien naturel, quand j'ai une bonne nouvelle à porter, moi, je ne marche plus, je vole et une fois lancé... et puis d'ailleurs j'aime tant Justine; vrai, mère Bontems, j'en suis comme un fou, quoi! j'en perds le boire et le manger... Enfin je ne vois qu'elle.

MÈRE BONTEMS.

Allons, tant mieux, mon garçon, tâche de voir toujours de même, les voisins ne s'en plaindront pas. A propos, mes enfans, écoutez-moi donc, ce n'est pas tout de se marier, il faut viser plus loin... Ce soir nous souperons tous trois ensemble, et nous causerons de nos petites affaires au coin du feu.

JULIEN.

Ah! nous ne nous disputerons pas pour ça, mère Bontems. Je ne suis qu'ouvrier, c'est vrai, mais j'ai mes petites économies, deux bons bras; à la prochaine occasion, j'vas t'être reçu compagnon du devoir, six mois après j'monte en grade, j'deviens maître, et une fois lancé, vous verrez.

MÈRE BONTEMS.

Du tout, du tout... Je donne une dot à ma fille, toi tu as ton établissement, et nous règlerons la dépense.

JUSTINE ET JULIEN.

Ne parlons pas d'ça, maman.

MÈRE BONTEMS.

Si, si, je veux en parler; écoutez-moi, j'ai de l'expérience et de l'âge.

AIR : *C'est le gros Thomas.*

Bientôt, mes enfans,
Vous aurez un' petit' famille;
D'enfans caressans,
Voyez-vous la troupe gentille,
Faut s'occuper d'eux,
Vous n' s'rez pas toujours deux,
A l'avenir songez d'avance,
L'amour vit trop mal d'espérance,
Un p'tit brin d'argent
N'empêch' pas l' sentiment.

JULIEN.

Eh bien! tout ce que vous voudrez, mère Bontems, nous suivrons vos conseils.

MÈRE BONTEMS.

Et vous aurez raison, mes amis, c'est que, voyez-vous, l'amour sans argent, c'est comme un aveugle sans bâton, ça ne peut pas marcher. (*On entend le roulement du tambour.*) Ah! mon Dieu! Eh bien! qu'est-ce que cela signifie donc? Est-ce que c'est le canon d'alarme?

JULIEN, *allant vers le fond.*

Eh! parbleu, voilà tout le village sur pied; ce sont les compagnons qui reviennent, je les reconnais à leurs cris et à leurs chapeaux garnis de rubans.

MÈRE BONTEMS.

Les compagnons! Je ne les attendais pas si tôt. (*A part.*) Ah! mon Dieu! cela va déranger mes projets.

SCÈNE VIII.

LES MÊMES, LAMOTTE, FERBLANC, COMPAGNONS, UN TAMBOUR, VILLAGEOIS. (*Ils descendent la montagne.*)

CHŒUR.

AIR *de la Dame Blanche.*

LES COMPAGNONS.

Battez (*bis*) tambourin du village,
Nous v'là (*bis*) de r'tour de not' voyage;
Bons compagnons
Nous revenons, } *bis.*
Nous revenons dans nos cantons.
En ce beau jour,
Dans ce village,
Chantons, amis, notre retour. (*bis.*)
Bons compagnons, etc.

LES AUTRES.

Battez (*bis*) tambourin du village,
Les v'là (*bis*) de r'tour de leur voyage,
Bons compagnons,
Vous revenez (*bis*) dans nos cantons, etc.

LAMOTTE.

Eh! bonjour, ma tante.

MÈRE BONTEMS.

Bonjour, mon cher Fanfan.

(*Lamotte embrasse mère Bontems et Justine.*)

FERBLANC.

Bonjour, mère Bontems... Eh bien! mademoiselle Justine, vous ne me dites rien?

JUSTINE, *froidement.*

Ah! je ne vous voyais pas, monsieur Ferblanc; bonjour.

FERBLANC *à part.*

Elle me tourne le dos, v'là le commencement de mon rêve.

MÈRE BONTEMS.

Eh bien! mes amis, vous devez être tous contens, chacun de vous a fait son tour de France; vous rapportez vos cœurs à vos maîtresses, et vos épargnes à vos vieux parens.

FERBLANC.

Oh! c'est-à-dire, un moment, les épargnes, y en a des fois qui les oublient en route.... les cœurs, c'est différent... les cœurs, ça voyage, mais ça r'vient toujours. (*A Justine.*) Mamzelle, ça revient toujours.

MÈRE BONTEMS.

Toi, Fanfan, je te connais, et je gage bien que tu n'as pas tout mangé.

LAMOTTE.

Pour ce qui est de çà, non, ma tante, la tannerie a été ferme cette année, les cuirs m'ont fait vivre, et je rapporte un bon boursicot, dont la moitié est pour vous.

MÈRE BONTEMS, *souriant.*

Je te remercie, mon enfant, c'est moi qui te suis redevable, au contraire.

LAMOTTE *étonné.*

Vous, ma tante?

MÈRE BONTEMS.

Je t'expliquerai ça. (*Aux autres.*) Allons, mes amis, divertissez-vous, donnez-vous-en à cœur joie, je serai de la fête, la mère des compagnons du devoir rajeunit toujours quand elle voit ses enfans.

FERBLANC.

Oui, nous danserons ce soir. (*A Justine.*) Mamzelle Justine, je vous invite pour la première.

JUSTINE.

Je suis retenue.

FERBLANC.

Mais, je vous dis pour la première.

JUSTINE.

Je suis retenue pour toutes.

FERBLANC.

En ce cas, ce sera pour la seconde. (*A part.*) V'là la fin du rêve, y n'manque plus que la porte sur le nez.

LAMOTTE, *montrant Julien.*

Ah ça ! ma tante, v'là une nouvelle figure que je vois là.

JUSTINE.

C'est Julien, mon prétendu.

LAMOTTE.

En vérité... En ce cas, mon cousin, permettez que je vous embrasse. (*Ils s'embrassent.*)

MÈRE BONTEMS, *à part.*

Pauvre garçon, quel coup ça va lui porter !

LAMOTTE, *à Ferblanc.*

Quand je te le disais, v'là ton petit brun !

FERBLANC.

Laisse donc, je suis bon là, le *conjungo* n'est pas encore consumé.

JULIEN.

Ah ça ! mes amis, vous arrivez à propos ; j'vous invite tous à ma noce, mais auparavant j'ai une grâce à vous demander.

TOUS.

Qu'est-ce que c'est ?

JULIEN.

Tenez, je ne veux pas tourner autour du pot... faites-moi l'amitié de m'enrôler parmi vous, de me recevoir compagnon, j'suis un bon enfant, et une fois lancé, je n'dépareillerai pas la société.

FERBLANC, *à part.*

Prends-garde de le perdre. (*Haut.*) Nous verrons ça, luron; mais auparavant, sais-tu bien c'que c'est qu'un compagnon du devoir?

JULIEN.

Dame! c'est un bon vivant, pas plus paresseux pour le travail que pour l'amour.

MÈRE BONTEMS.

Oh! j'réponds de lui, mes enfans, vous pouvez l'accepter, il n'y aura pas d'affront.

LAMOTTE.

Oui, ma tante, nous nous en rapportons à vous.

TOUS.

Oui, oui.

JULIEN.

Allons, j'vois que je suis reçu d'emblée.

LAMOTTE.

Oui, mon cousin, et vous serez avec des gaillards qui boivent dru, et qui tapent de même... Mais ça ne les empêche pas de s'aider, de secourir les camarades malades ou sans ouvrage.

JULIEN.

Je le sais, mes amis, c'est pour ça que je demande à faire partie de la société. Vivent les compagnons, je les porte tous dans mon cœur.

AIR : *Ronde de Dumolet.*

Les compagnons
Sont de bons lurons,

Ils s'aident entre eux,
Qu'ils sont heureux.
Que j'admire leur bienfaisance !
Ils se priv'ent pour fair' du bien ;
D'autres nag'nt dans l'opulence,
Et malgré ça ne donnent rien.

TOUS.

Les compagnons, etc.

MERE BONTEMS.

Qu'la fortun' quitte un millionnaire,
Ses amis s'éloignent aussi ;
Plus l'artisan a de misère,
Plus les autr's s'rapprochent de lui.

TOUS.

Les compagnons, etc.

JULIEN.

Contemplant toutes ses richesses,
Tel que l'on croit bien libéral,
Ne fait souvent quelques largesses,
Qu' pour voir son nom dans un journal.
Mais l' compagnon,
Est meilleur garçon,
S'il fait un peu d' bien,
Il n'en dit rien.

TOUS.

Mais l'compagnon, etc.

JULIEN.

Vivent les compagnons !

TOUS.

Vivent les compagnons !

LAMOTTE.

Allons, par-dessus la chanson, allons nous rafraîchir, ça n'peut pas faire de mal... après cela nous irons à la mairie en bon ordre, et à notre retour nous recevrons mon cousin.

TOUS.

C'est-ça ! adopté !

LAMOTTE.

Venez-vous avec nous, ma tante?

MÈRE BONTEMS.

Non, non, j'ai affaire ici. (*A Julien.*) Reste, Julien, j'ai à te parler.

LAMOTTE.

En ce cas, au revoir, monsieur Julien. Adieu, ma tante; adieu, ma cousine; allons, en avant marche!

REPRISE DU CHŒUR.

Les compagnons, etc.

(*Ils sortent tous en désordre.*)

SCÈNE IX.

MÈRE BONTEMS, JULIEN, JUSTINE.

JUSTINE.

Eh bien! dites donc, maman, est-ce que je ne peux pas entendre ce que vous avez à dire à Julien?

MÈRE BONTEMS.

Non, mon enfant, rentre : c'est un secret.

JUSTINE.

Mais puisque c'est mon mari.

MÈRE BONTEMS.

C'est égal; allons, va-t-en.

JUSTINE.

J'm'en vas, maman, n'vous fâchez pas. (*A Julien.*) Dis donc, Julien, tu viendras tout de suite me répéter c'qu'elle t'aura dit.

JULIEN.

Sois tranquille, j'gage que c'est pour ta dot; mais tu sauras tout.

(*Justine sort.*)

SCÈNE X.

JULIEN, MÈRE BONTEMS.

JULIEN.

Allons, parlez, mère Bontems, je suis tout oreilles.

MÈRE BONTEMS, *à part*.

Je ne sais comment m'y prendre. (*Haut.*) Julien, tu es un bon garçon, je le sais, mais... je ne peux plus te donner ma Justine.

JULIEN *stupéfait*.

Que dites-vous?... quoi! quand tout-à-l'heure même...

MÈRE BONTEMS.

Oui, tout-à-l'heure, je croyais la chose possible, le retour de mon neveu a tout bouleversé, je n'ai plus de dot à donner à ma fille.

JULIEN.

N'est-ce que cela? Eh! qu'est-ce que cela me fait? est-ce que c'est l'argent de Justine que j'aime? est-ce une dot que je vous demande?

MÈRE BONTEMS.

Je reconnais bien ton bon cœur, Julien, je vais t'ouvrir le mien: l'intérêt ne m'a jamais guidée, tu le sais. Aujourd'hui j'ai encore une dette que je n'aurais pas, sans une circonstance dont je me souviens toujours avec plaisir. Ah! c'est un événement, vois-tu, qui honore trop mon mari pour que je ne te le raconte pas.

JULIEN.

Jasez, jasez, mère Bontems, allez votre train.

MÈRE BONTEMS.

Tiens, c'était dans l'hiver; il y a quinze ans environ.... Imagine-toi que Bontems revenait d'un hameau voisin; il rapportait vingt-cinq louis, que la mère de mon neveu Fanfan lui avait remis, en mourant, pour les rendre un jour à son pauvre fils; il faisait déjà nuit... Il était encore loin de notre chaumière, lorsque tout à coup l'orage vint à le surprendre... Transi, mouillé jusqu'aux os, mon pauvre homme se réfugie chez un fabricant... Quel tableau! tout était saisi... tout en désordre. Le maître de la maison fondait en larmes; ses enfans, à genoux, priaient les créanciers; ils ne voulaient rien entendre... Emu, attendri, à ce spectacle, mon mari n'y tient plus, il tire sa bourse, y joint les vingt-cinq louis de Fanfan, la jette sur les genoux de ce pauvre fabricant, sort de cette maison, et se sauve à toutes jambes.

JULIEN.

Ah! le brave homme! A la bonne heure, v'là des hommes!

MÈRE BONTEMS, *essuyant ses yeux.*

Hélas! je ne puis y penser sans être attendrie; mon pauvre mari n'est plus, il méritait pourtant un meilleur sort.

JULIEN.

Ah! ça, est-ce que vous allez pleurer à présent?.. Allons donc, consolez-vous, maman, une bonne action n'est jamais perdue.

AIR : *T'en souviens-tu.*

Mère Bontems, tenez, je le confesse,
Tout comme lui, j'aim'rais à fair' le bien;
De votr' mari c'te nob' délicatesse
Honor' son cœur et fait battre le mien.
Se dérobant à la reconnaissance,
De ses bienfaits il a fui les témoins;
Mais il avait déjà sa récompense,
Car il comptait un malheureux de moins.

MÈRE BONTEMS.

Hélas! ça n'a pas servi à grand'chose.

JULIEN.

Comment, cette somme prêtée de si bon cœur, l'auriez-vous perdue?

MÈRE BONTEMS.

Hélas! oui. Au bout d'un mois environ, ce pauvre fabricant est parti, après avoir cessé ses paiemens, et nous avons été compris dans la banqueroute.

JULIEN.

Une banqueroute ! Là, obligez donc après ça!

MÈRE BONTEMS.

Le chagrin n'avançait à rien ; devenue veuve, j'ai redoublé de courage, je me suis mis à travailler avec plus d'ardeur que jamais, et j'ai retrouvé, à force d'économie, cette malheureuse somme ; je t'ai déjà cédé, comme tu le sais, la boutique de mon mari, et je voulais y joindre cent écus de plus pour le trousseau de ma fille; mais v'là Fanfan de retour, et je suis forcée de lui rendre le dépôt qu'on m'a confié. Il est vrai qu'il ignore que j'ai de l'argent à lui, mais moi je le sais, et c'est la même chose.

JULIEN.

V'là un beau trait, mère Bontems ; morbleu, je vous imiterai, je travaillerai, et une fois lancé, c'est moi qui gagnerai le trousseau de ma femme.

MÈRE BONTEMS.

Tu veux donc épouser ma Justine, malgré ça?

JULIEN.

Comment, si je le veux ! c'est-à-dire, que je l'entends, que je le prétends et que je le désire ; mais à propos, et ce fabricant, qu'est-il devenu ?

MÈRE BONTEMS.

Ma foi, je l'ignore, mon garçon, et je ne désire pas le connaître ; ce n'est pas que je lui souhaite du mal, au moins, mais, dame, c'est lui qui est l'auteur de tous mes maux, et je sens là que je ne lui ai pas encore pardonné.

JULIEN.

Ça s'conçoit, mère Bontems, il aurait dû au moins vous donner de ses nouvelles ; mais, dites-moi donc, est-ce qu'on ne pourrait pas faire queuques démarches ? et quel commerce faisait-il ?

MÈRE BONTEMS.

C'était un ancien charpentier, qui avait pris une fabrique de toile.

JULIEN.

Une fabrique de toile ?

MÈRE BONTEMS.

Il passait pour un honnête homme dans le pays ; il fut trompé lui-même, peut-être.

JULIEN.

Et vous l'appelez ?

MÈRE BONTEMS.

Ma foi, il s'appelait Robert.

JULIEN, *saisi.*

Robert !

MÈRE BONTEMS.

Oui, il demeurait dans le petit bourg au bout de la vallée.

JULIEN, *à part.*

C'est lui !

MÈRE BONTEMS.

Eh bien, qu'as-tu donc, mon garçon ? Cette histoire te tracasse ; bah ! bah ! n'y songeons plus... c'est passé.

JULIEN, *à part.*

AIR : *Je suis Français et militaire.*

Ah ! mon Dieu, quelle découverte !
Et que viens-je d'apprendre ici !
Robert est l'auteur de sa perte,
Son fils ne l'est-il pas aussi !

MÈRE BONTEMS.

Allons, plus de sombre nuage,
Oublions les coups du destin,
Le beau tems vient après l'orage,
Que l' plaisir succède au chagrin.

ENSEMBLE.

Mon Dieu ! comm' cette découverte,
Semble lui donner du souci !
Il n'est pas l'auteur de not' perte,
Pourquoi s'afflige-t-il ainsi.

JULIEN.

Ah ! mon Dieu, quelle découverte, etc.

MÈRE BONTEMS.

Au revoir, Julien, au revoir... A propos, mon garçon, dis-moi donc, je ne t'ai jamais interrogé sur ta famille, parce que cela ne m'inquiétait pas, et que d'ailleurs tu ne peux être que le fils d'un honnête homme, ça se lit sur ta figure; mais, c'est égal, à la municipalité il y a des formalités à remplir... Ainsi, je t'engage à porter toi-même tes papiers à monsieur le maire, entends-tu.

JULIEN, *avec expression.*

Adieu, mère Bontems, adieu.

MÈRE BONTEMS.

Comment! adieu? Au revoir, mon garçon, au revoir.

(*Elle sort.*)

SCÈNE XI.

JULIEN, *seul.*

Jarni, si je m'attendais à ça! Quoi! mon père, c'est lui qui est la cause de la ruine de ce brave Bontems. Ah! j'parierais bien qu'il ne fut pas coupable; c'est égal... La mère Bontems ne me donnerait pas sa fille, si elle savait qui je suis, on ne me connaît ici que sous le nom de Julien... Y a pas à balancer, faut prouver ce que c'est qu'un ouvrier qu'a du cœur; oui, j'y suis décidé; aussitôt ma réception, en route, et en avant le tour de France. Un fois lancé, je ramasse des écus, je reviens, je restitue la somme, j'épouse Justine, si elle est encore fille..... Ma foi, au petit bonheur... On vient, allons faire mon paquet.

(*Il entre chez lui.*)

SCÈNE XII.

LAMOTTE, FERBLANC.

FERBLANC, *voyant sortir Julien.*

Vois-tu, vois-tu, le capon... y vient de m'apercevoir, et le v'là qui file.

LAMOTTE, *qui fume.*

Ah! ça! voyons, Ferblanc, pourquoi en veux-tu à c'pauvre jeune homme? laisse-le tranquille, et fais comme moi, fume.

FERBLANC.

Tais-toi donc, je fume déjà assez; Julien n'est qu'un calin qui a profité de mon absence pour me supplanter.

LAMOTTE.

C'est tannant, j'en conviens; mais les absens ont toujours tort : le proverbe a raison.

FERBLANC.

Ecoute, Fanfan Lamotte, t'es t'un tanneur, t'es pas taillé pour l'amour; moi, j'aime mamzelle Justine; elle est coupable de m'avoir trahi, et Julien devient son complice pour le crime.

LAMOTTE.

Qu'est-ce que tu veux y faire? comme dit un sage de la rue Mouffetard : Quand on n'est pas content, faut être philosophe.

FERBLANC.

C'est possible, mais je ne suis pas un sage de la rue Mouffetard; je suis ferblantier, et puis d'ailleurs la vengeance est le plaisir des dieux, et Justine m'épousera ou elle dira pourquoi.

LAMOTTE.

Elle ne t'épousera pas.... Tiens, la v'là; elle va te dire le pourquoi.

SCÈNE XIII.

LES MÊMES, JUSTINE.

JUSTINE. *Elle est parée.*

Mon cousin, mon cousin, ah! je te trouve enfin.

LAMOTTE.

Ah! mon Dieu! mais comme te v'là donc belle, Justine.. En vérité, t'as l'air d'une petite reine.

JUSTINE.

N'est-ce pas? ah dame! on ne se marie pas tous les

jours; mais viens vite, ma mère veut te parler en particulier.

FERBLANC *la retenant.*

Une minute, mamzelle, on n'a pas tant seulement le loisir de vous conter le petit mot pour rire.

JUSTINE.

Pardon, M. Ferblanc; mais c'est que, voyez-vous, c'est aujourd'hui que nous signons le contrat.

FERBLANC.

Oh! le contrat! c'est pas encore si sûr que des cornichons confits.

JUSTINE.

Et qui l'empêcherait?

FERBLANC.

Un gaillard qu'a peur de rien, un être qu'est contrecarré dans ses opérations, un Français né malin; mais qui n'est pas homme à s'endormir dans les feux de file, comme disent les militaires.

JUSTINE.

Qu'est-ce que cela signifie?

LAMOTTE.

Tiens, ma cousine, v'là le mot de la charade: Ferblanc t'aime en secret, y croyait te trouver disponible et voulait t'épouser; mais bernique Sansonnet, comme ce mariage-là lui passe devant le nez, il prétend s'en venger.

FERBLANC.

Je mettrai des bâtons dans les roues du charron.

JUSTINE.

Vous venger, M. Ferblanc, et de quoi? que vous ai-je fait!

LAMOTTE.

Eh! ne l'écoute donc pas; c'est un bougon, un vilain jaloux.

FERBLANC.

Eh bien! oui, je suis jaloux, mamzelle Justine, comme un léopard, et vous deviez attendre mon retour.

JUSTINE.

Mais je ne vous ai pas promis de vous épouser, encore une fois.

FERBLANC.

Qu'est-ce que cela fait; il y en a qui promettent et qui n'épousent pas; vous pouviez bien m'épouser sans m'avoir promis.

JUSTINE, *se désolant.*

V'là donc mon mariage dans l'eau; ah! mon Dieu! ai-je du malheur.

SCÈNE XIV.

LES MÊMES, ROBERT.

ROBERT, *tout joyeux.*

Ah! ma chère enfant, quel plaisir, quel bonheur, morguenne! vous me voyez dans l'enchantement... Eh bien! qu'avez-vous donc! vous pleurez, je crois...

JUSTINE.

Ah! monsieur, ce n'est pas sans sujet; M. Ferblanc, que v'là, veut s'opposer à mon mariage.

LAMOTTE.

Oui, monsieur, il a c't'infamie-là.

ROBERT.

Et pourquoi donc?

FERBLANC.

Tiens, c'te question; parce que Julien n'a pas de papiers, qu'on ne connaît ni ses parens, ni ses aboutissans; que probablement il ne les connaît pas non plus, et qu'il faut de tout ça pour se marier... Y êtes-vous?

ROBERT *souriant.*

Ah! Julien n'a pas de parens.

FERBLANC.

Non, oh! j'ai pris mes informations.

JUSTINE, *à Robert.*

C'est vrai, monsieur, son père est loin d'ici, et il ne reviendra peut-être jamais; et nous ne pouvons pas attendre si long-tems.

ROBERT.

Je comprends; Julien doit être fort embarrassé; mais si ce n'est que ça, nous lui trouverons des papiers.

LAMOTTE.

Là, c'est bien fait; avec ton petit air, tu la gobes encore.

FERBLANC.

Monsieur le maître-charpentier, ça ne se passera pas comme ça en conversation, j'vas m'opposer à la réception de Julien et à son mariage, j'vas cabaler.

ROBERT.

Allons, console-toi, mon garçon, il y a d'autres filles dans le village, que diable!

FERBLANC.

Logogriphes que tout ça! Comme dit c't'autre : La pitié n'est pas d'l'amour, et j'veux d'l'amour, de l'amour tendre et solide.

JUSTINE.

Est-ce malheureux d'être aimée comme ça!

ROBERT.

Ne craignez rien, mon enfant, je réponds de tout, morbleu; malgré M. Ferblanc, vous serez mariée, je servirai de père à Julien, à vous aussi.

AIR : *Mes yeux disent tout le contraire.*

J'aime obliger, ça m' plût toujours;
Mais, en pareille circonstance,
Tout en protégeant vos amours,
Je comble aussi mon espérance;
Oui, je dois être votre appui:
Rassurez-vous, pauvre petite;
Vous servant de père aujourd'hui,
C'est une dette que j'acquitte.

JUSTINE ET LAMOTTE.

Ah! monsieur, vous êtes un bien brave homme.

FERBLANC.

Monsieur, c'est très-mal ce que vous faites-là... Je ne

vous dis que ça : y aura du grabuge... On ne fabrique pas comme ça des pères de contrebande.

ROBERT.

Il n'en manque pourtant pas, mon garçon ; mais plus tard, tu seras de mon avis... J'aperçois Julien, laissez-moi seul avec lui.

AIR : *Vaudeville de madame Favart.*

Dépêchons, (*bis*)
Faisons diligence,
Bientôt nous verrons,
Comment nous nous débrouillerons ;
Dépêchons, (*bis*)
J'en ai l'assurance,
Si nous nous fâchons,
Eh ! bien, nous nous racommod'rons.

LAMOTTE ET JUSTINE.

Dépêchons, (*bis*)
Faisons diligence,
Bientôt nous verrons,
Comment nous nous débrouillerons.
Dépêchons, (*bis*)
Gardons l'espérance,
Vîte rejoignons
Et prévenons
Les compagnons.

ENSEMBLE.

FERBLANC *à part.*

Dépêchons (*bis*)
Faisons diligence,
Bientôt nous verrons,
Comment nous nous débrouillerons,
Dépêchons, (*bis*)
Pour plus d'assurance,
Vîte rejoignons
Et prévenons
Les compagnons.

(*Ils sortent. Ferblanc menace Lamotte.*)

SCÈNE XV.

ROBERT, JULIEN. (*Il ferme son sac sur le tonneau.*)

ROBERT, *à part et sans voir Julien.*

Allons, je suis content... morguenne, quelle surprise! Voyons, si je ne me trompe pas.

JULIEN, *à part.*

Ah! voilà sans doute ce monsieur dont Justine me parlait ce matin.

ROBERT, *allant à Julien.*

Dites-moi, mon ami, est-ce vous qu'on nomme Julien?

JULIEN.

Oui, monsieur.

ROBERT.

C'est vous qui devez épouser Justine?

JULIEN.

C'est-à-dire, monsieur, ça devait être moi; mais à présent je ne dois plus y songer, il faut que je parte et plus tôt que plus tard.

ROBERT, *étonné.*

Se pourrait-il? et quelle cause vous engage à quitter Justine, au moment même de votre union?

JULIEN.

Oh! ce serait trop long à vous détailler, mais le devoir avant tout.

ROBERT, *plus étonné encore.*

Je ne vous comprends pas, expliquez-vous... Je suis un vieil ami de Bontems, vous pouvez compter sur moi.

JULIEN.

Vous avez connu Bontems?

ROBERT.

Oui, et sa famille devient la mienne.

JULIEN.

C'est m'en dire assez; je ne balance plus à vous parler franchement, vous me paraissez un brave homme.

ROBERT.

J'ai tout fait pour le devenir.

JULIEN.

Ecoutez, monsieur... mon père, que des malheurs ont séparé de moi, se trouve le débiteur de Bontems... C'est aujourd'hui seulement que j'ai appris cette nouvelle... Sa veuve ignore qui je suis, mais, c'est égal, je ne veux pas avoir à rougir à ses yeux... je ne reparaîtrai donc qu'après avoir entièrement acquitté la dette de mon père.

ROBERT, *avec un air de joie concentré.*

Quoi! c'est là le seul motif?

JULIEN.

N'est-ce donc rien, monsieur?... Oh! non, il ne sera pas dit que, dans notre famille, nous aurons eu un banqueroutier!... Mon pauvre père en mourrait de chagrin! heureusement je suis là.

AIR : *Il me faudra quitter l'empire.*

En bon père, dans ma jeunesse,
Me prodiguant ses soins et ses bienfaits ;
Il m'a prouvé son amour, sa tendresse ;
Ah! je ne puis les oublier jamais. (*bis*).
Pour lui, dans cette circonstance,
Je sacrifierai mon bonheur. (*bis.*)
Si je lui dois mon existence,
Moi je dois lui rendre l'honneur ;
Oui, je veux lui rendre l'honneur.

ROBERT, *lui tendant la main.*

Bien, mon garçon, c'est très-bien. (*A part.*) En vérité, je ne puis contenir ma joie.

JULIEN, *lui remettant une bourse.*

Tenez, monsieur, voilà déjà la moitié de la somme; remettez cette bourse à la veuve de Bontems, dites-lui bien que si jamais...

ROBERT, *l'interrompant.*

Eh bien! j'accepte cette commission.... tu es un estimable garçon, et tu en seras récompensé, j'en réponds.

JULIEN, *surpris.*

Comment, monsieur, que voulez-vous dire?

ROBERT.

J'entends les compagnons... ta réception va avoir lieu.

JULIEN.

Et ensuite je me mets en route.

ROBERT, *à part.*

J'y mettrai bon ordre, morbleu !

SCÈNE XVI.

LES MÊMES, TOUS LES COMPAGNONS, FERBLANC, ensuite LAMOTTE.

(*Ils ont des rubans à leurs cannes et arrivent gravement deux par deux, la canne sous le bras gauche.*)

CHŒUR.

AIR *du Calife.*

Pour la cérémonie,
Nous voilà revenus,
Dans notre compagnie,
C'est un frère de plus.

FERBLANC, *d'un air comiquement sérieux.*

Honneur aux bons lurons,
Chez qui la gaîté brille,
Qui forment la famille,
Des jolis compagnons.

CHŒUR.

Pour la cérémonie, etc.

(*Les compagnons se rangent à droite et à gauche du Théâtre.*)

FERBLANC.

Voilà ce que c'est. (*A part.*) Lamotte n'est pas là... je peux agir sans crainte. Ah ! mon Dieu, je l'entends.

LAMOTTE, *accourant.*

Me v'là, me v'là ! Ah ! mes amis, si vous saviez, je suis riche maintenant... comme un marchand de bœufs.

FERBLANC.

Bah !

LAMOTTE.

Oui, je vous conterai ça. (*A Julien.*) Allons, mon cousin, nous allons vous recevoir. (*A Ferblanc.*) Et toi, Ferblanc, songe à ne pas faire d'esclandre, entends-tu ?

FERBLANC, *d'un air d'importance.*

Comme le plus ancien, j'ai la parole et on ne me l'ôtera pas. (*Montrant Julien.*) Voilà le *lophite*... Avance ici, *lophite*, que demandes-tu?

JULIEN, *au milieu des compagnons.*

Je demande à être reçu compagnon du devoir.

FERBLANC.

Ça ne se peut pas, mon garçon, y a du pour et du contre.

2e COMPAGNON.

Pourquoi donc? c'est une injustice.

FERBLANC, *fâché.*

Silence dans les rangs? et pas de mots à double sens.

1er COMPAGNON.

Nous voulons qu'il soit reçu.

D'AUTRES COMPAGNONS.

Il ne le sera pas.

LAMOTTE.

Y a de la cabale, j'en étais sûr... C'est un tour de Ferblanc... à bas Ferblanc!

FERBLANC, *courant de droite à gauche.*

A bas Ferblanc! Qu'est-ce qu'a crié : A bas Ferblanc?

LAMOTTE.

Eh! parbleu, c'est moi, et je le répète... à bas Ferblanc!

FERBLANC, *furieux.*

A bas Ferblanc! on se révolte! A moi, mes amis, ceux du bâtiment veulent nous faire la loi... aux armes!

(*Les compagnons se menacent.*)

TOUS.

AIR *de Fernand Cortès.*

Allons, tapons,
Frappons,
Puisqu'on se raille,
Bataille!
Allons, tapons,
Frappons,
Ne soyons pas capons.

JULIEN ET ROBERT *se jetant au milieu d'eux.*

Arrêtez, mes amis!
Que faites-vous, de grâce?

Vous traiter en enn'mis,
Ah! vraiment j'en gémis.

TOUS LES COMPAGNONS.

Non, non, point de pardon,
Punissons leur audace,
De leur obstination,
Faut qu'nous ayons raison.
Allons, tapons, etc.

(*Toutes les cannes sont en l'air et quelques coups sont échangés.*)

JULIEN, *qui est parvenu à les retenir.*

Ah! ça, voulez-vous bien finir, morbleu! Qu'est-ce que ça signifie donc? est-ce que vous croyez que je souffrirai qu'on s'assomme pour moi?

FERBLANC.

C'est toi qu'es cause de tout ce tintamarre.

JULIEN.

C'est plutôt vous, monsieur Ferblanc! pourquoi que vous me refusez sans raison, après m'avoir promis de me recevoir ce matin? c'est une traîtrise. Qu'est-ce que je vous ai fait? je suis un honnête garçon et je suis digne de cette faveur... Au bout du compte, je n'ai pas besoin de ça pour faire mon tour de France, et puisque vous me repoussez, adieu, je pars tout d'même.

FERBLANC *le retenant.*

Comment! que dis-tu donc? tu pars!

TOUS.

Il part!...

JULIEN.

Oui, mes amis... Ah! dame, c'est un peu à contre cœur, mais il le faut.

LAMOTTE.

Ah! ça, Julien, qu'est-ce qui te prend donc?

ROBERT, *bas à Lamotte.*

Laissez-moi faire.

FERBLANC, *à part.*

Il paraît qu'il y a du nouveau. (*Haut.*) Fallait donc le dire, mon garçon; du moment que tu pars, je ne m'oppose plus..... on va procéder à ta réception..... formez le cercle.

TOUS.

Formons le cercle.

FERBLANC.

Allons, Bourguignon, va te mettre en sentinelle. (*Un compagnon va au fond.*) Et toi, Labamboche, qu'es le secrétaire, écris les réponses. (*Un autre compagnon se place sur le tonneau.*)

1er COMPAGNON.

Je demande la parole... L'aspirant a-t-il un parrain?

JULIEN.

Ma foi, je n'en ai pas... est-ce qu'il en faut un?

ROBERT, *vivement.*

Mon garçon, c'est moi qui serai le tien.

JULIEN.

Bien obligé, monsieur... j'ai un parrain.

FERBLANC.

Tout le monde l'a entendu... Le maître charpentier s'offre pour parrain, est-il accepté pour parrain?

TOUS.

Oui, oui.

FERBLANC.

Accordé... mais comment vous nomme-t-on, monsieur le parrain?

ROBERT, *embarrassé.*

Mon nom? (*à part*) je ne m'attendais pas à ça!

FERBLANC.

Ah! dame, j'en suis fâché, mais faut qu'nous sachions à qui nous avons affaire.

ROBERT.

C'est juste. (*En cherchant.*) Eh bien! inscrivez Jacques Durand.

FERBLANC.

Ça suffit... Allons, la cérémonie commence. (*A Julien.*) Ecoute, *lophite*, et tâche de répondre aux interpellations de la société, qu'ils te font par ma bouche.

JULIEN.

Je suis prêt.

FERBLANC.

Quel est tes noms et prénoms que tu portes en ce moment ici?

JULIEN.

Julien.

FERBLANC.

Comment! Julien tout court, et le nom de ton père?

JULIEN, *hésitant*.

Mais.... (*A part*.) Ah! mon Dieu, je ne sais si je dois...

ROBERT, *vivement*.

Julien Robert.

JULIEN, *étonné*.

Comment! d'où savez-vous?

ROBERT.

Silence!

FERBLANC.

C'est bien; Julien Robert, connais-tu l'ouvrage?

JULIEN, *ne perdant pas de vue Robert*.

Oui, ancien, je m'en flatte, je ne voudrais pas sans ça être compagnon, pour être à charge à la société, si je ne savais pas gagner ma vie.

FERBLANC.

Bien répondu... Autre question... *Lophite*, où as-tu été en apprentissage?

JULIEN.

A Nantes, chez un maître charron.

ROBERT, *à part*.

C'est bien cela.

FERBLANC.

Voyons, si tu ne mens pas; dis-moi un peu, de quel bois et outils que tu emploies pour faire une roue de carosse, de charrette ou de cabriolet indifféremment?

JULIEN.

J'emploie l'orme et le frêne bien sec pour le bois; la scie, la plène, le maillet, l'herminette, le dolloir, etc., pour outils.

FERBLANC.

Serais-tu dans le cas de nous montrer de ton ouvrage?

JULIEN.

Oui, ancien, justement, j'ai là de l'ouvrage finite d'à ce matin.

FERBLANC.

Voyons ça, *lophite*.

JULIEN, *montrant une roue.*

V'là ce que c'est.

FERBLANC.

Examinez ça, vous autres... qu'en dites-vous?

1er COMPAGNON.

Au nom de tous, c'est de la jolie ouvrage; moi j'suis charron, c'est un chef-d'œuvre.

FERBLANC.

Il paraîtrait d'après ça que tu fais bien la roue.

JULIEN.

Ancien, vous êtes trop honnête.

FERBLANC.

Je vois, avec une nouvelle volupté, que tu connais l'état; le professeur qui t'a donné de l'éducation ne t'a pas volé ton argent, ni ton tems. Allons, compagnons, je désire qu'il soit reçu incontinent.

TOUS.

Vive Julien! il est compagnon.

FERBLANC, *lui passant au cou un ruban auquel est suspendue une petite plaque.*

Bravo! jeune compagnon, tu entends ces acclamations universelles; maintenant, pénètre-toi du devoir d'un compagnon du devoir; ça veut dire que tu vas donner 36 francs pour la masse première.

TOUS.

Bravo! bravo!

FERBLANC.

Que tu vas rafraîchir l'aimable société de quelque liquide que ce soit.

TOUS.

Bravo! bravo!

JULIEN.

C'est juste! je ne demande pas mieux et nous boirons le coup de l'étrier.

FERBLANC.

Encore mieux répondu! Mais ce n'est pas tout, veux-tu faire partie de la *sèque* des dévorans, ou de la *sèque* des loups?

JULIEN.

Dame, ancien, c'est difficile à vous communiquer, attendu que, près d'une belle, je suis dans les loups, et que, dans un repas joyeux, je suis dans les dévorans.

FERBLANC, *sévèrement.*

Ça forme calembourg, mais on ne plaisante pas ici; il ne faut pas rire, entends-tu, jeune homme; respect à la société! renferme ton sourire en soi-même. Maintenant on va te donner l'accolade et nous allons te faire la conduite, car je tiens particulièrement à cet usage, (*à part*) pour être plus sûr qu'il partira.

JULIEN.

C'est un effet de votre part.

FERBLANC.

A moi l'accolade, cher confrère. (*Il l'embrasse en lui donnant deux coups de canne sur les épaules et en se tapant en même tems la main et le genou de la droite à la gauche.*) Je vous le repasse, parrain.

ROBERT, *ému.*

Viens dans mes bras, Julien!

JULIEN, *l'embrassant.*

Je n'oublierai pas ce service, monsieur Durand.

FERBLANC.

Maintenant je vas te chanter la romance des compagnons du devoir. (*Tous l'entourent.*)

AIR *de* M. BLANCHARD.

Ah! si les grands seigneurs savaient la vie
Que nous menons,
Ils quitteraient leurs bonnes places,
Pour se faire compagnons,
Pour se faire recevoir } *bis.*
Compagnons du devoir. }
Sur l'air du tra la la, deridera la la, etc.

Toujours en goguette
Nous nous amusons,
Et puis à la guinguette
Comme des pompiers nous buvons.
Des femmes les plus cruelles,
Nous triomphons physiquement.
Et nous changeons de belles
Avec beaucoup d'agrément. (*bis*)
Ah! si les grands seigneurs, etc.

TOUS.

Sur l'air du tra la la, etc.

FERBLANC.

Fiers d'un beau délire,
Nous sommes heureux.
Oui, ça n'est pas pour dire,
Heureux comm' des petits dieux.
Et si l'objet que l'on aime
S'hazarde à nous fair' des traits;
On lui dit: pas d'emblême
Ou j'abîme tes attraits. (*bis*)
Ah! si les grands seigneurs, etc.

TOUS.

Sur l'air du tra la la, etc.

FERBLANC, *à Julien.*

Allons, mon garçon, dépêche-toi. (*Aux autres.*) Criez donc la conduite, vous autres.

TOUS.

La conduite! la conduite!

JULIEN.

Je suis à vous, mes amis, partons. (*A Robert.*) Allons, adieu, monsieur Durand.

ROBERT.

Non, mon ami, demeure; il le faut.

FERBLANC.

Ah! qu'est-ce qu'il a donc ce maître charpentier? ça ne vous regarde pas.

JULIEN.

Non, M. Durand, je ne peux pas rester, mon parti est pris, vous savez mes raisons. (*Bas.*) Mais à propos, qui vous a donc appris mon nom, auriez-vous connu mon père?

ROBERT.

Oui, mon ami, et c'est en son nom que je t'ordonne de rester, je puis te donner de ses nouvelles.

JULIEN *enchanté.*

En vérité, oh! parlez, parlez, M. Durand.

ROBERT.

Voilà tout le village qui vient célébrer ta noce; tais-toi et laisse-moi faire.

JULIEN, *à part.*

Ma foi, je m'y perds! quel drôle d'homme avec son air mystérieux!

SCÈNE XVII ET DERNIÈRE.

LES MÊMES, TOUS LES AUTRES PERSONNAGES, UN NOTAIRE, VILLAGEOIS, VILLAGEOISES.

CHŒUR.

AIR *de la dépêche télégraphique.*

Allons sans débat,
Signons le contrat;
Pour notre village,
Quel beau mariage!
Nous fêtr'ons demain
Cet heureux hymen,
Et, l'verre à la main,
Nous chant'rons au festin.

MÈRE BONTEMS, *au notaire.*

Mais je n'en reviens pas encore : comment, les vingt-cinq louis prêtés par mon mari au fabricant Robert, nous sont rendus, avec mille écus par-dessus le marché pour la dot de ma fille ?

JULIEN.

Qu'entends-je! (*Justine regarde Robert qui lui fait signe de se taire.*)

LE NOTAIRE.

Oui, mère Bontems, cette double somme est pour vous.

MÈRE BONTEMS.

Eh bien! morguenne, puisque c'est comme ça, ne nous chagrinons pas.

FERBLANC, *à part.*

Je crois bien; il n'y a pas de quoi.

MÈRE BONTEMS.

Allons, monsieur le notaire, mettez-vous là ; voilà qui vous servira de table. (*Elle montre le tonneau.*) C'est à moi de signer la première.

ROBERT.

C'est juste !

MÈRE BONTEMS.

Voilà qu'est fait! à toi ma fille.

LAMOTTE.

Allons, signe vite, Justine, que je fasse une belle croix.

FERBLANC, *allant au notaire.*

Monsieur le notaire, il y a de la gabegie : Julien n'a pas de papiers, et quand même, y faut un témoin, où est-il?

MÈRE BONTEMS.

Tiens, c'est vrai; je n'avais pas pensé à ça, moi.

ROBERT.

J'y ai pensé, moi, madame Bontems; à titre d'ancien ami de votre mari, et de parrain de Julien, je réclame cette faveur.

MÈRE BONTEMS, *étonnée.*

Vous, monsieur, mais qui êtes-vous donc?

FERBLANC.

Eh, parbleu! c'est le père Durand.

ROBERT, *allant signer.*

Vous allez le savoir. Donnez-moi la plume, monsieur le notaire.

MÈRE BONTEMS, *lisant sur le contrat.*

Que vois-je? François Robert!

JULIEN, *courant dans ses bras.*

Mon père!

TOUS.

AIR : *C'est à Paris* (de CARAFFA).

Quoi! c'est Robert! ah! quel plaisir!
Chantons sans cesse
Leur / Notre } ivresse.
Ah! quel bonheur! Ah! quel plaisir
De s'embrasser, de s'réunir.

ROBERT.

Oui, Julien, nous ne nous quitterons plus... J'ai rempli tous mes engagemens, je puis reparaître sans crainte; va signer ton contrat.

TOUS.

Quoi! c'est Robert, etc.

MÈRE BONTEMS.

Comment, Julien, tu étais le fils de Robert, et tu me le cachais!

JULIEN.

Mieux que ça, mère Bontems; vous ne m'auriez peut-être jamais revu : j'allais partir.

MÈRE BONTEMS ET JUSTINE.

Nous quitter! Ah! c'est très-mal, Julien.

ROBERT.

Ne le blâmez pas, son motif était louable; mais, Dieu merci, je suis arrivé à tems. (*A Julien et à Justine.*) Soyez heureux, mes enfans, et vive la joie!

FERBLANC.

C'est ça, vive la joie ! Vl'à la porte sur le nez !

JULIEN.

Allons, M. Ferblanc, pas de rancune ; vous serez de la noce.

FERBLANC.

Eh bien ! ça va... Au fait, mon physique me reste, et y n'manque pas d'amoureuses.

MÈRE BONTEMS.

Mes enfans, une petite rondepour que cela finisse gaiement.

VAUDEVILLE.

ROBERT.

AIR : *Ronde de Fiorella.*

Long-tems la misère
Hélas! m'accabla:
L'destin, moins sévère,
Me sourit déjà;
J'avais raison d'dire:
Si l'bonheur s'en va,
Y n'faut pas l'maudire,
Il me reviendra.

(*A Julien*). Tu le vois, mon garçon, on ne doit jamais désespérer de rien.

Dans l'naufrage,
Du courage,
Les compagnons sont toujours là.

CHŒUR.

Dans l'naufrage, etc.

FERBLANC *à Julien.*

Mon cher, en ménage
Te voilà bientôt:
Ne sois pas volage,
C'est un grand défaut;
Ta femme est gentille,
On la cajol'ra
Près d'ell' sois bon drille
Car, vois-tu, sans ça......

(*Il lui parle bas à l'oreille.*)

Parole d'honneur !

C'est un' mode
Très-commode.
Les compagnons sont toujours là.

CHŒUR.

C'est un' mode, etc.

LAMOTTE.

Narguer la tristesse,
En vrai troubadour,
Boire et rir' sans cesse,
Vivre au jour le jour.
Allumer un' belle,
Puis la planter là.
Quand vient un' querelle,
Vit' partir de là...

Allons, ho! malin; en avant le duel à l'anglaise!

Ferme au poste,
On riposte.
Les compagnons sont toujours là.

CHŒUR.

Ferme au poste, etc.

JULIEN.

Soutiens d'l'industrie,
Tant qu'la paix dur'ra,
Pour c'te mèr' chérie,
Chacun travaill'ra;
Mais que l'on nous crie:
Enfans, halte-là!
On m'nac' la patrie,
Nous dirons: nous v'là!

Présent! sous les armes.

Confiance
Pour la France.
Les compagnons sont toujours là.

CHŒUR.

Confiance, etc.

JUSTINE, *au public*.

Si ce faible ouvrage
Vous a fait plaisir,
Vous savez l'usage,
Daignez applaudir.
Surtout qu'chacun r'vienne,
Ça nous réjouira.
Sept fois par semaine
On vous recevra.
Pour vous plaire,
Vous distraire,
Les compagnons sont toujours là.

CHŒUR.

Pour vous plaire, etc.

FIN.

EXTRAIT DU CATALOGUE DE POLLET, LIBRAIRE,

RUE DU TEMPLE, N° 36.

MICHEL ET CHRISTINE, vaudeville en un acte, de MM. *Scribe* et *Dupin*........ 1 50

LA DEMOISELLE ET LA DAME, ou Avant et Après, vaud., par MM. *Scribe*, *Dupin* et *F. de Courcy*........... 1 50

UN DERNIER JOUR DE FORTUNE, vaud., par MM. *Dupaty* et *Scribe*.............. 1 50

L'HÉRITIÈRE, vaud. en un acte, par MM. *Scribe* et *G. Delavigne*.............. 1 50

LE COIFFEUR ET LE PERRUQUIER, vaud. en un acte, par MM. *Scribe*, *Mazères* et *Saint-Laurent*........ 2 »

LA MANSARDE DES ARTISTES, vaud. en un acte, par MM. *Scribe*, *Dupin* et *Varner*. 1 50

LE BAISER AU PORTEUR, vaud. en un acte, par MM. *Scribe*, *Justin-Gensoul* et *de Courcy*.................... 1 50

LE DINER SUR L'HERBE, tableau-vaud. en un acte, par MM. *Scribe* et *Mélesville*.................. 1 50

LES ADIEUX AU COMPTOIR, vaud. en un acte, par MM. *Scribe*, *Mélesville*....... 1 50

LE CHATEAU DE LA POULARDE, v. en un acte, par MM. *Scribe*, *Dupin* et *Varner*. 1 50

LE BAL CHAMPÊTRE, ou les Grisettes à la campagne, tableau-vaudeville, par MM. *Scribe* et *Dupin*.... 1 50

CORALY, com.-vaud. en un acte, par MM. *Scribe* et *Mélesville*... .... 1 50

LA HAINE D'UNE FEMME, ou le Jeune Homme à marier, vaud., par M. *Scribe*..... 1 50

VATEL, ou le Petit-Fils d'un grand homme, vaud., par MM. *Scribe* et *Mazères*... 1 50

LA QUARANTAINE, comédie-vaud. en un acte, par MM. *Scribe* et *Mazères*....... 1 50

LE PLUS BEAU JOUR DE LA VIE, comédie-vaudev., par MM. *Scribe* et *Varner*.... 1 50

LES INSÉPARABLES, vaud. en un acte, par MM. *Scribe* et *Dupin*................ 1 50

LE CHARLATANISME, com.-vaud. en un acte, de MM. *Scribe* et *Mazères*....... 1 50

LE MAUVAIS SUJET, comédie-vaud. en un acte, par MM. *Scribe* et *Camille*....... 1 50

LES PREMIÈRES AMOURS, ou les Souvenirs d'enfance, com.-vaud., par M. *Scribe*. 1 50

LE MÉDECIN DE DAMES, coméd.-vaud., par MM. *Scribe* et *Mélesville*.......... 1 50

LE CONFIDENT, vaud., par MM. *Scribe* et *Mélesville*.. 2 »

LES MANTEAUX, vaudeville en deux actes, par MM. *Scribe*, *Varner* et *Dupin*. 2 »

LA DEMOISELLE A MARIER, com.-vaudeville, par MM. *Scribe* et *Mélesville*..... 2 »

L'ONCLE D'AMÉRIQUE, com.-vaud., par MM. *Scribe* et *Mazères*.............. 2 »

LA LUNE DE MIEL, comédie-vaudeville en deux actes, par MM. *Scribe*, *Mélesville* et *Carmouche*.......... 2 »

SIMPLE HISTOIRE, comédie-vaudeville en un acte, par MM. *Scribe et Decourcy*.... 2 »

L'AMBASSADEUR, com.-vaud. en un acte, par MM. *Scribe* et *Mélesville*........... 2 »

LE MARIAGE DE RAISON, comédie-vaudeville en 2 actes, par MM. *Scribe* et *Varner*. 2 »

LA CHATTE MÉTAMORPHOSÉE EN FEMME, folie vaud. en un acte, par MM. *Scribe* et *Mélesville*.............. 2 »

LES ÉLÈVES DU CONSERVATOIRE, tab.-vaud. en un acte, par MM. *Scribe et Saintine*............... 2 »

LE MAITRE DE FORGES, com.-vaudev. en deux actes, par MM. *Dumersan*, *Gabriel* et *Brazier*............. 2 »

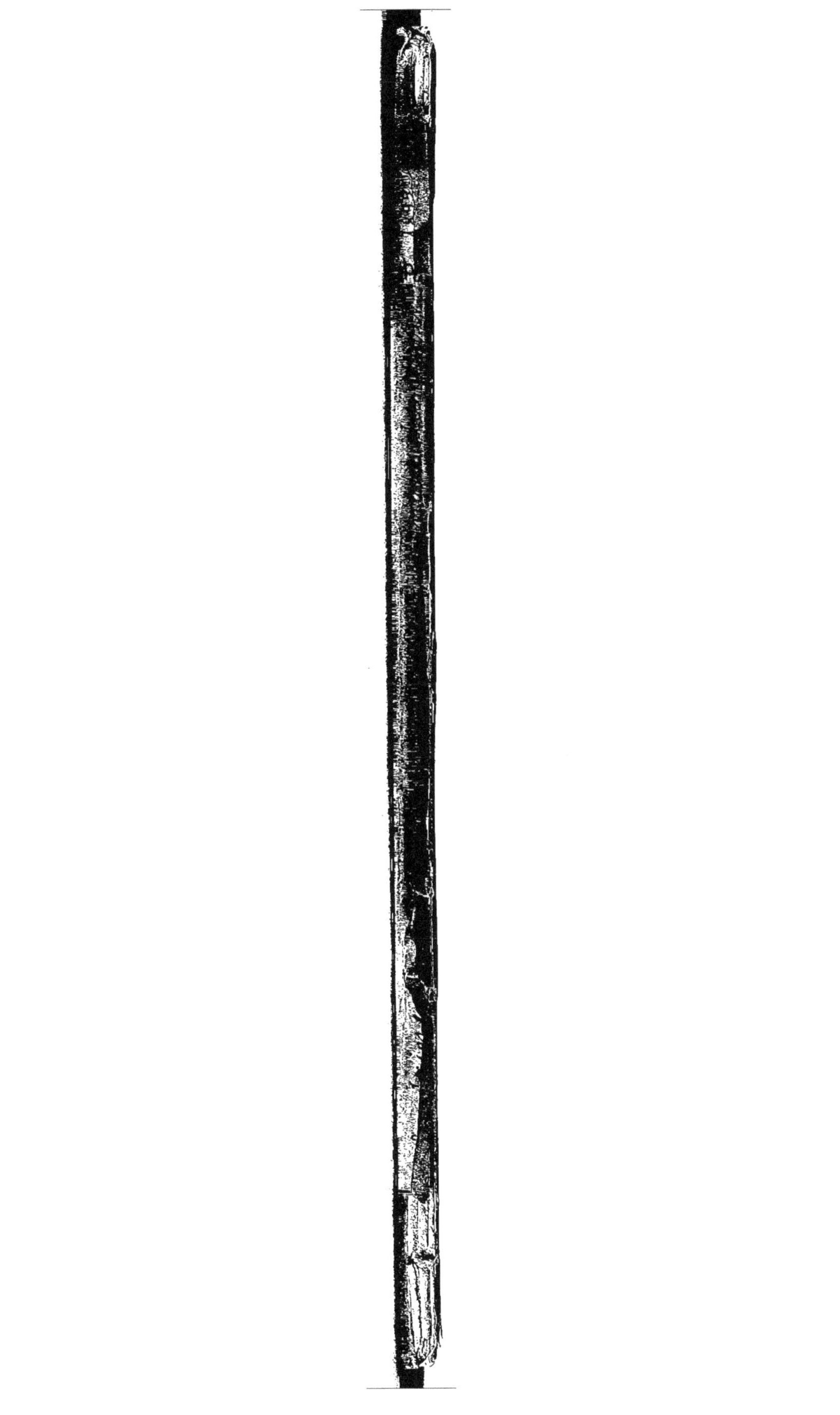

www.ingramcontent.com/pod-product-compliance
Ingram Content Group UK Ltd.
Pitfield, Milton Keynes, MK11 3LW, UK
UKHW020346220726
13923UKWH00004B/1569